(Conserver la couver-
ture)

A VINGT ANS

—

SOUVENIR DE LA VIE D'ÉTUDIANT

BREST

IMPRIMERIE J.-P. GADREAU, RAMPE, 55

1871

La pièce de vers que contient cet opuscule fait partie d'un volume de **Poésies diverses**, dont l'auteur a cru devoir ajourner la publication à des temps meilleurs.

Il y a trop de pleurs aujourd'hui et trop de gémissements, pour que les faibles chants d'un écolier puissent être écoutés.

A Madame M. X***.

Vous le voulez, Madame, et impérieusement,
« demain, de suite, sans retard. »

A vous donc ces vers, faits à la diable, et
que vous lirez en cachette. Je n'ai rien oublié,
et je maudirais les chances de la vie pour moi,
si je n'avais à les bénir pour vous.

Ce **vous** *est bien ennuyeux, ne trouves-tu*
pas, Marie ?

L. GÉDECÉ.

A VINGT ANS

SOUVENIR DE LA VIE D'ÉTUDIANT

I

Elle était de ......x et s'appelait Marie,
Belle fille des champs, aux contours vigoureux,
Au teint rose et brillant, à l'allure hardie,
Toujours folle et pimpante, et qui rendit heureux
    Onze mois de ma vie !

Un jour, c'était l'été, quittant son magasin
Pour sourire au soleil, la jeune rubanière
Se trouva par hasard dans le quartier latin,
Au joyeux Luxembourg, en pleine pépinière,
    Tout au fond du jardin.

Four moi, je ne sais pas si ça tient à mon âge,
A mon pays natal, à mon tempérament ;
Mais l'été, j'aime bien un banc sous le feuillage,
Et, dans toute saison, un bon cœur bien aimant
        Sous un joli corsage.

D'ombrages et de bancs les jardins sont fournis,
Et parmi ces corsets que le coton relève,
On peut, choisissant bien, en trouver de jolis ;
Mais un bon cœur, bien franc, plein d'amour, plein de
        Inconnu dans Paris !   [sève,

Je le croyais alors. Ma jeune expérience
Avait déjà pleuré sur plus d'un faux amour ;
Et, trompé, je suivais cette triste science
De ne se donner plus, d'aimer au jour le jour,
        Avec insouciance.

Mais la terre, engourdie au souffle des autans,
Aux froids baisers d'hiver, joyeuse se réveille,
Quand sur elle se penche un amoureux printemps,
Qui la caresse au front, lui promet à l'oreille
        De doux embrasements.

Quand de sa fraîche main, la chatoyante aurore
Détache en rougissant les voiles de la nuit,
Et souhaite un bon jour que l'espérance dore,
Tout sourit à sa vue, au soleil qui la suit
    Et va bientôt éclore.

Le naufragé s'attache à qui lui tend la main ;
Et soutenu, tranquille il rit du flot qui passe.
Le foyer refroidi, qu'il soit fer, bronze, airain,
Quand une vive flamme avec ardeur l'embrasse,
    Se réchauffe soudain.

Il me fallait ton cœur, ô ma belle Marie,
Vrai brillant, enchassé dans un bijou de corps ;
Ce petit cœur, si chaud sous ta gorge polie,
Et si souvent pressé dans nos fougueux transports,
    O maîtresse chérie !

II

Mollement étendu dans l'ombre d'un grand houx,
Je songeais, comme on songe en un jour de paresse,
Aux femmes, à l'amour, aux tendres rendez-vous ;
Je voyais, par moments, Velleda la prêtresse
    Me faire les yeux doux.

Tu passas tout près d'elle; et mon regard de flamme
Vous unit toutes deux dans un même désir ;
Superbes toutes deux, mais Velleda sans âme,
Incapable jamais d'aimer et de souffrir ;
    Elle, marbre ; toi, femme !

Femme, avec tes seize ans rayonnant sur ton front,
Avec ta lèvre rouge et ta taille cambrée,
Avec tes grands yeux noirs et ton catogan blond,
Tu passas, soulevant le sable de l'allée,
    Me frolant du jupon.

Le papillon volait à la tige fleurie ;
L'oiseau, tout en chantant, suçait le fruit vermeil ;
La terre paraissait s'être exprès embellie,
Pour se livrer plus belle aux baisers du soleil;
        Ravi, je t'ai suivie.

Pas bien loin. Mais pourquoi tout rouge se fâcher,
Et prendre ces grands airs de cavale rebelle ?
Le grand malheur vraiment, si j'ose m'approcher
Tout doucement et dire : Enfant, vous êtes belle,
        Et je veux vous aimer.

Un moineau Don Juan, qui brusquait sa commère
En fripon qui sait mettre une pudeur à bas,
Me voyant amoureux et vous voyant sévère :
« Cher Monsieur, me dit-il, ne l'écoutez donc pas
        « Si vous voulez lui plaire. »

Et je voulus te plaire. — Objet de mes amours,
Crier est inutile : il ne viendrait personne ;
Les soldats, répandus dans ces sombres détours,
Sont là, pour égayer les enfants et la bonne,
        Non, pour porter secours.

Sur l'honneur, tu sais bien proférer la menace,
Petite, et refuser dîner, fleur ou bonbon ;
Mais je sais qu'un refus n'est qu'une ombre qui passe,
Et j'attends le soleil. — De dire toujours NON,
  Il faut bien qu'on se lasse.

Au restaurant Martin, un vieux viveur dînait ;
Quand il nous vit asseoir dans la salle commune,
Il murmura tout bas que j'étais un bénet ;
Il eut raison : La règle est, qu'en bonne fortune,
  Il faut un cabinet.

Mais il faut, avant tout, contenter sa compagne ;
Soyons bénets d'abord pour être ensuite heureux ;
Sachons perdre du temps, si c'est à qui perd-gagne ;
Laissons l'amour mûrir, et contenons nos feux
  Jusqu'après le champagne.

Et puis, noir, jaune ou blanc, qu'importe ce qu'on dit ?
Je n'écoute que toi : parle, lutin, babille ;
Cause avec gourmandise et bois avec esprit ;
Que ta tête s'exalte, et que ton œil pétille,
  A l'égal de l'aï !

Un frais éclat de rire, au fond du dernier verre,
Comme allegro final, a sonné le départ :
Prenez mon bras, Marie ; allons, pour nous distraire,
Au Théâtre.—Non.—Oui.—Non, non, il est trop tard.
    — Nenni, laissez-vous faire ;

Venez ; ce soir surtout, le spectacle est très-beau ;
Vrai, nous n'y resterons, si vous voulez, qu'une heure ;
C'est un drame terrible ; à chaque acte, un tableau...
Coups de sabre et baisers... on rit, on tremble, on pleure.
    Allons à Bobino.

Nous nous serrions bien fort, car la salle était pleine ;
Je n'en fus point fâché, quoiqu'au cœur de l'été,
Loin de là. Seulement, je serais fort en peine
De dire le sujet qui fut représenté,
    N'ayant pas vu la scène.

Mes pardons à l'auteur. — J'avais bien mieux à voir :
De blonds cheveux soyeux ; une chaude prunelle,
Appelant le désir et permettant l'espoir ;
Sur un col éclatant, sans fard et sans dentelle,
    Un grand beau signe noir ;

Voilà ce que j'ai vu, durant tout l'étalage
De cinq actes géants, et je déclare net
Qu'on s'amuse à *Bobin*, sans besoin de courage,
Et que même, en partant, le seul désir qu'on ait,
    C'est de voir davantage.

III

O puissante ἀναγκη, *fatum*, fatalité !
Je vous bénis trois fois pour cette nuit charmante.
A combien de cousins avais-tu résisté,
Pour pouvoir conserver, ô fillette étonnante,
    Ce que tu m'as porté ?

De peur que cette histoire à l'index ne soit mise,
Je ne nommerai point quel cadeau me fut fait ;
Mais, pour le deviner, lecteur, qu'il vous suffise
De savoir que je fus surpris, et satisfait
    Beaucoup de ma surprise.

Le matin, j'avais l'air de Christophe Colomb,
Retour du Nouveau-Monde ; et je trouvais gentille
La réponse qu'aux Grands il fit avec aplomb :
Parbleu, l'on prend un œuf, on casse la coquille,
     L'Amérique est au fond.

L'orgueil de l'ευρηκα me montait à la tête ;
Je croyais éternel cet éclair de bonheur ;
L'espoir, les rêves bleus, pour couronner la fête,
En carillons joyeux résonnaient dans mon cœur ;
     J'adorais ma conquête ?

Mais hélas ! la conquête est un bien chancelant ;
Qu'on ait, en l'acclamant, baisé son oriflamme,
Que faut-il, pour briser le plus fier conquérant ?
Un caprice de peuple, un caprice de femme,
     Le Dieu devient néant.

L'amour, enfant tout jeune, aime, en son goût volage,
A changer de jouet. Voulant ce qu'il n'a pas,
Négligeant ce qu'il a, pour l'aimer davantage
Dès qu'il ne l'aura plus, sans cesse il tend les bras
     Vers un bien qui voyage.

Nous l'avions su pourtant dompter, ce dieu rétif.
Dépouillant un instant sa folle destinée,
Il devint sédentaire au lieu de fugitif,
Et, dans nos cœurs soudés, pendant près d'une année
     Il demeura captif.

Enfant, te souviens-tu qu'en ce temps nos deux vies,
Dans un même bonheur, se confondaient toujours ?
Te rappelles-tu bien nos splendides folies,
Nos rires, nos baisers, compagnons des beaux jours,
     Des belles insomnies ?

Et ce bois de Meudon, enivrant au matin,
Où l'herbe était épaisse, et touffu le feuillage ?
Le zéphir caressait ton visage mutin ;
Je faisais comme lui, quelquefois davantage,
     O mon petit lutin.

Et nos bains tapageurs, dans la rade d'Asnières ?
Sous prétexte d'apprendre à te tenir sur l'eau,
Tu te pendais à moi, sans faire de manières ;
Et je nageais heureux sous ton léger fardeau,
     Reine des canotières.

Et nos coquets dîners, sur l'arbre, à Robinson ?
Arbre aimable à monter, difficile à descendre.
Joyeuse dans ce nid, comme un jeune pinson
Tu perlais ta gaité, chantant pour faire entendre
    Quelque fine chanson.

Et l'hiver, ces plaisirs venus en multitude,
Au gai son des grelots du fringant Carnaval ?
Certes, tu t'amusais, n'étant nullement prude ;
Mais comme nous aimions, après l'entrain du bal,
    La douce solitude !

Et ces soirs de raoût, où nos nombreux amis
Tombaient dans notre chambre, en joyeuse cohorte,
Effrayant le portier qui redoutait leurs cris ?
A minuit, nous mettions tout le monde à la porte,
    Sans grâce ni sursis.

Mais tu n'es plus, hélas ! tu n'es plus ma maîtresse.
A quoi bon remuer, au fond de notre cœur,
Ces trésors enfouis d'amour et de jeunesse ?
A quoi bon ? Le rappel d'un regretté bonheur
    N'est que deuil et tristesse.

A quoi bon? et pourtant, malgré ma volonté,
Mon esprit, revolant à ces jours de folie,
M'a retracé souvent notre Eden enchanté;
Et dans ma chambre froide, avec mélancolie,
    J'ai souvent répété :

Elle était de ......x et s'appelait Marie;
Belle fille des champs, aux contours vigoureux,
Au teint rose et brillant, à l'allure hardie,
Toujours folle et pimpante, elle rendit heureux
    Onze mois de ma vie.

L. GÉDECÉ.